Luluca

No Mundo Dos Desafios

astral
cultural

Olá, meninas e meninos!

TUDO BEM COM VOCÊS?

Vocês não têm ideia do quanto estou empolgada com este livro lindo e superdivertido — sério, ele está INCRÍVEL. E sabe sobre o que ele é??? Vou dar uma dica: é uma das coisas que eu mais gosto. Vamos dizer juntos? 1, 2, 3... e... já!!!

Não, não é panda 😂 😂...

Vamos tentar de novo?! Já!!!

😂 😂... não é sobre acessórios!

Mais uma chance!!! Já...

Isso!!! DESAFIOS. É claro que este livro está cheio de desafios superlegais. E vocês terão que decifrar cada um deles para poder continuar lendo e entendendo a história, ok?

Mas não vou deixar vocês sozinhos nessa, tá?! Também resolvi cada um deles. E, é claro, gravei um vídeo mostrando tudo. E eu não estou sozinha. A minha mãe também entrou na brincadeira. Quem será que terminou primeiro? Quem consegue adivinhar?

O link desse vídeo pra lá de engraçado está no final do livro — mas não vale copiar minhas respostas, hein?! Quero ver se todo mundo consegue resolver sozinho!

E mais uma coisa: que tal postar uma foto da página do desafio que vocês acharam mais difícil e marcar com a hashtag #lulucanomundodosdesafios? Será que todo mundo vai achar o mesmo? Já estou curiosa para saber o que vocês acharam...

Bom, agora é hora de viajar na nossa aventura. Bora lá?!

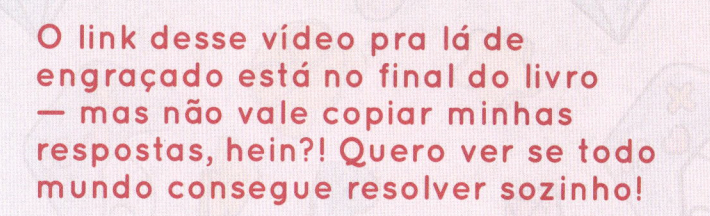

Embarque com a Luluca! É só abrir o QR Code ou o link: https://bit.ly/2Sxu3k3

Céu azul, sol brilhando... O dia estava lindo para um piquenique... Ops, aqui não. Este aqui é o livro da Luluca e é claro que ela iria aproveitar aquela manhã para gravar mais um desafio no jardim! Pelo menos, era o que ela achava...

Não via a hora de fazer um sol lindo para eu gravar mais um desafio! Ei, espera aí, o que é aquilo ali andando no meu jardim?

O QUÊÊÊ??? Será que estou enxergando fofurices em todos os lugares??? Não é possível, estou ficando louca!

Opa! Pra onde o bichinho foi?

Ache o bichinho!

Luluca encontrou um amigo bem fofinho no meio do seu jardim. Como um bichinho tão fofo foi parar lá?! Bom, a surpresa — para não falar o grito 😂😂 — foi tanta que ele se assustou e acabou se escondendo antes mesmo de ela dizer "oi". Você consegue adivinhar qual foi o animalzinho que se escondeu? Uma dica: ele é o favorito da Luluca.

Luluca não estava ficando louca! Era um panda que corria muito! Segundos depois de ela o encontrar, o bichinho fugiu de novo. Mas para que tanta pressa, pandinha? Pelo visto, Luluca vai ter que correr se quiser conhecer um panda de verdade.

AAAHHH, não estou acreditando! É verdade! É um pandinha mesmo.

Ei, volte aqui! Para onde você está indo? Me deixe te dar um abraço. Eu amo pandaaaaas!

Eu sei! Acha que estou aqui por quê? Vem comigo! Quero te mostrar uma coisa!

6

Lugar misterioso

O pandinha parece apressado! Ajude a Luluca a descobrir para onde ele está indo. Para isso, siga a sequência abaixo e passe por todas as marquinhas deixadas por ele. Você pode andar para esquerda, direita, para cima e para baixo. Não vale tentar pela diagonal, tá?!

Siga a sequência de cores

Um pandinha que sabe correr e falar?
O que mais você sabe fazer, senhor panda?

Luluca, deixa eu me apresentar direito. Sou o PandaLu! E adoro desafios, como você!

Hmmm, amei seu nome... Você gosta de desafios, PandaLu? De que tipo?

De todos os tipos que você imaginar! Que tal se nós brincássemos de um jogo em que você vai fazer parte dele?

Eu? Parte do jogo? Mas como vamos fazer isso?

Basta usar um pouco de imaginação, magia e sorte! Jogue o dado!

Quantas casas?

Para saber quantas casas Luluca vai andar, descubra como o dado abaixo ficará ao ser montado.

O pandinha, definitivamente, não era nada comum! Pandas mágicos existem? E eles gostam de brincar? Luluca jamais poderia imaginar algo assim.

Hmmm, foi quase... Você chegou perto, mas não caiu na casa certa... Acho que posso dar uma ajudinha!

Ei, PandaLu, assim não vale! Por que você está me empurrando para a casinha da frente? AAAAH!!!

9

O fabuloso destino de Luluca

O escorregador maluco levou Luluca a um lugar muito escuro, e ela não está enxergando nada! Troque os símbolos pelas letras e ajude-a a descobrir onde ela foi parar.

Parece que PandaLu não é o único animado por aqui. Foi só falar em desafios que Luluca ficou tão empolgada quanto o panda!

Eu não estou acreditando!!! Não é todo dia que a gente sai para gravar um vídeo, encontra um pandinha mágico e cai em um mundo só de desafios. U-A-U! PandaLu, você já é meu novo melhor amigo! Por onde podemos começar a brincar?

Calma, Luluca! Primeiro, temos que passar pelo portal. Atenção às regras!

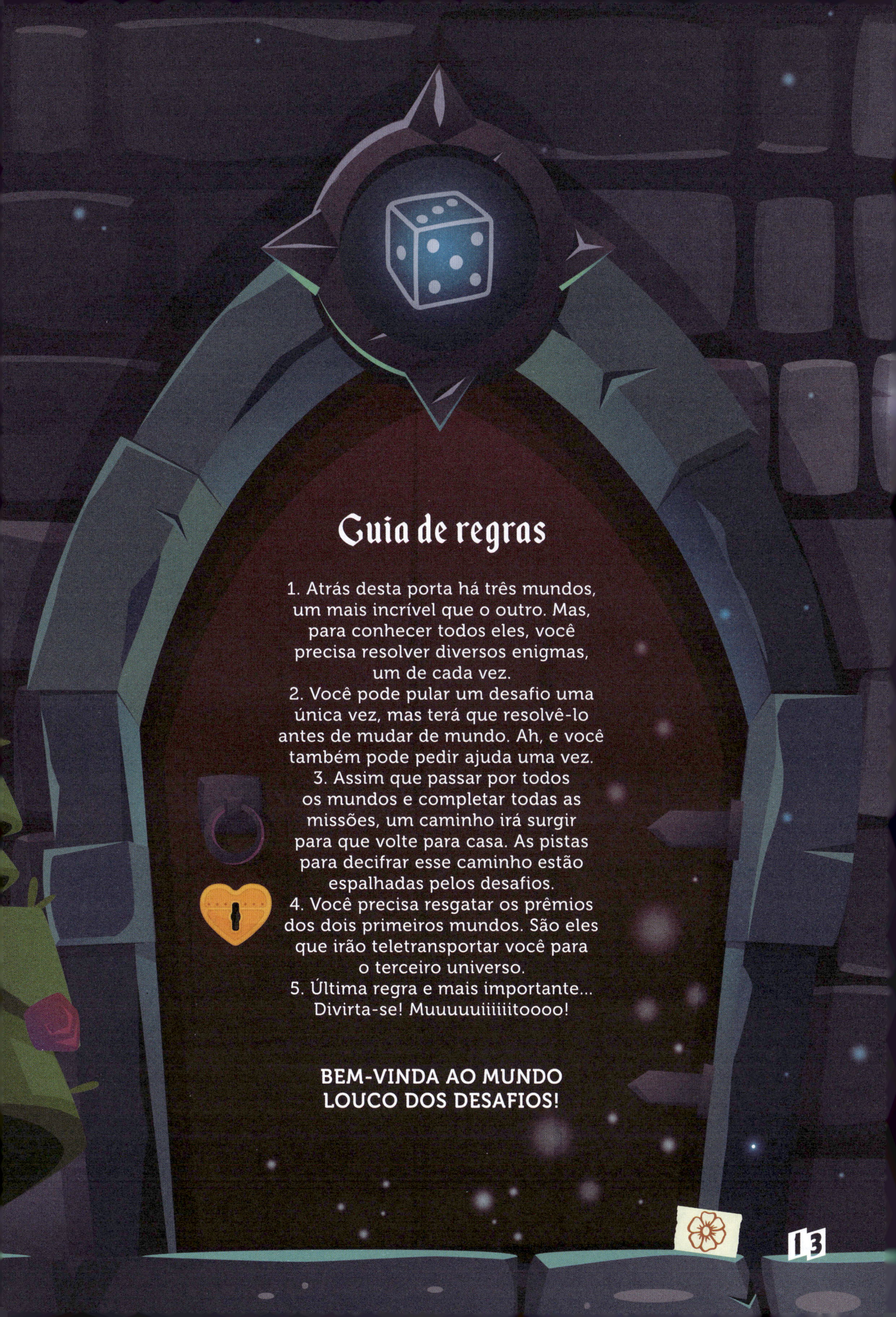

Guia de regras

1. Atrás desta porta há três mundos, um mais incrível que o outro. Mas, para conhecer todos eles, você precisa resolver diversos enigmas, um de cada vez.

2. Você pode pular um desafio uma única vez, mas terá que resolvê-lo antes de mudar de mundo. Ah, e você também pode pedir ajuda uma vez.

3. Assim que passar por todos os mundos e completar todas as missões, um caminho irá surgir para que volte para casa. As pistas para decifrar esse caminho estão espalhadas pelos desafios.

4. Você precisa resgatar os prêmios dos dois primeiros mundos. São eles que irão teletransportar você para o terceiro universo.

5. Última regra e mais importante... Divirta-se! Muuuuuiiiiiitoooo!

BEM-VINDA AO MUNDO LOUCO DOS DESAFIOS!

Que legal!!! Eu amo desafios! Não vejo a hora de começar! Opa, acho que eles já começaram, né? Olha só quantas chaves... Vamos lá, vamos ver como abrir essa porta.

Boas-vindas para Luluca!

Luluca precisa encontrar qual é a chave correta que irá abrir a porta para o primeiro universo, só assim ela saberá qual vai ser seu primeiro desafio. Descubra qual chave se encaixa na fechadura acima e circule-a.

Luluca e seu novo amigo encontraram a chave correta. Agora é só eles colocarem na fechadura, virar a chave e...Ops... Parece que a porta não abriu. O que será que falta para conseguirem entrar nesse mundo?

Será que é a chave errada?

Com certeza, não. Ela entrou e girou. Deve estar faltando alguma coisa...

Pode ser... Vamos procurar! Ei... O que está escrito aqui nesta parte da madeira? Parecem letras sem sentido, mas, com certeza, significam algo. Vamos descobrir!

Frase oculta

PandaLu e Luluca precisam desvendar um enigma para abrir a porta. Para isso, anote nas lacunas a letra que vem antes ou depois no alfabeto da que está no quadrado inferior ou superior. Os quadrados de cima devem ser preenchidos pela letra que vem antes no alfabeto. Os de baixo, com a letra que vem depois. Se chegar até o "Z", a letra seguinte será o "A". Alguns exemplos já foram preenchidos!

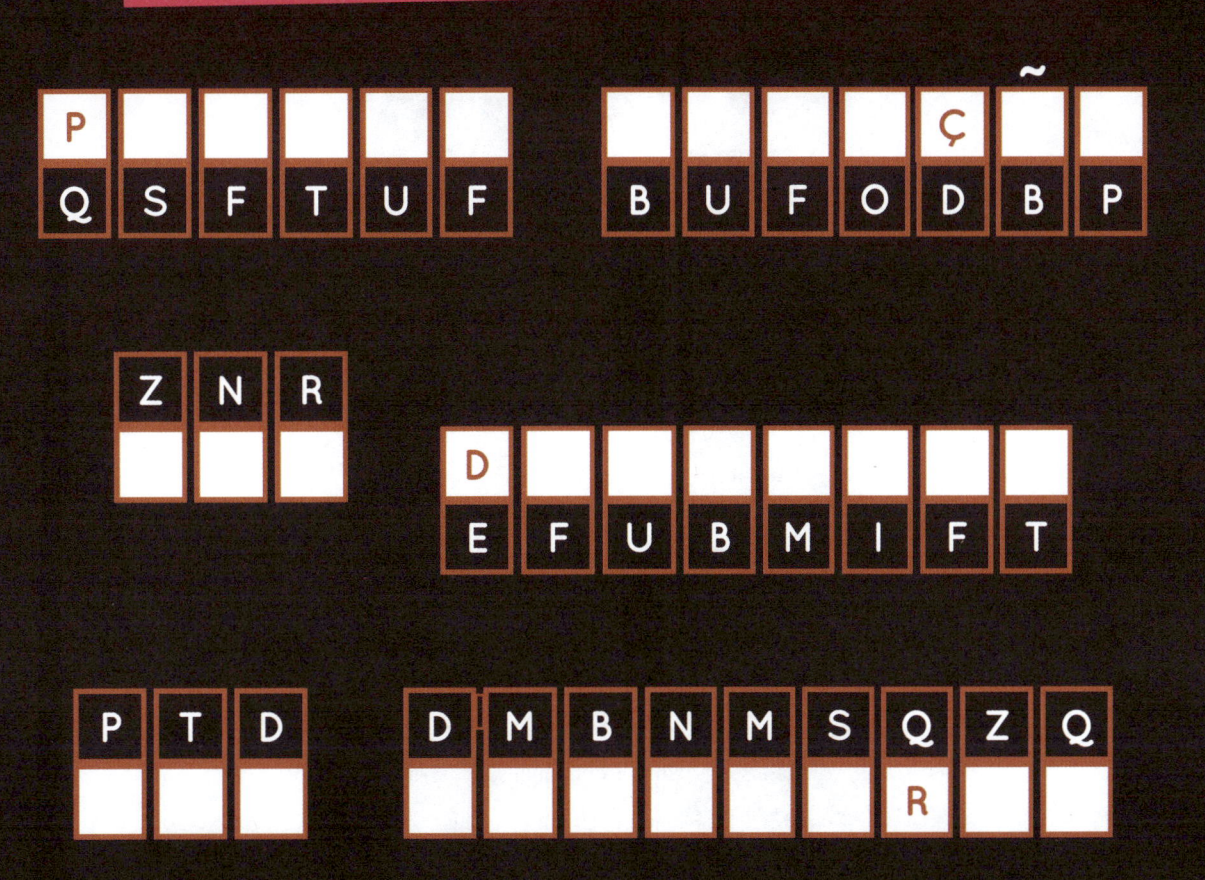

Luluca entrou no primeiro mundo e já amou! Parece que o **Mundo louco dos desafios** é cheio de surpresas! Será que ela vai conseguir decifrar tudo?

UAAAAAU!!! Este lugar é todinho feito de doces? AI, JÁ QUERO TUDO!!! Talvez eu queira ficar por aqui pra sempre! Pelo menos só até eu comer todos os doces!!! 😂😂 Brincadeira, vamos ao desafio, mas, antes de tudo, acho que posso pegar uma balinha, né?

Cada doce em seu lugar

Os doces abaixo podem aparecer somente uma vez em cada linha e em cada coluna. Para completar a missão, preencha os espaços desenhando os doces corretos.

Talvez não seja uma má ideia ficar aqui, PandaLu! Eu poderia comer chocolate o tempo todo, né? Ei, que barulho é esse? O que está acontecendo?

Quem vem aí?

Monte o dado da página 33 e jogue-o 3 vezes para saber quais cores você usará para pintar o desenho. O número 1 deve ser pintado com a primeira cor; com a segunda, o número 2, e o 3, com a terceira. Mas atenção: não repita cores. Se precisar, lance o dado mais de três vezes para conseguir 3 cores diferentes.

Como ficou o seu desenho? Compartilhe comigo a sua obra-prima e me marque com a hashtag #lulucanomundodosdesafios

Luluca saiu correndo, assustada... Que mundo dos doces mais doidinho! Dragões? Isso não é coisa de conto de fadas? Ainda bem que eles acharam um esconderijo.

Esse dragão deveria estar dormindo! Ele é meio mal-humorado por natureza; quando acorda, então... O problema é que alguns desafios são no castelo dele....

Poxa, eu quero encarar os desafios... Mas não o dragão. E agora?

Já sei! Tive uma ideia, Luluca.

Doce mágico

Existe um brigadeiro especial e mágico que vai deixar a Luluca pequenininha e o dragão não vai conseguir enxergá-la. Assim, ela pode continuar a se divertir no **Mundo louco dos desafios**. Observe a imagem e encontre o brigadeiro com granulado diferente.

19

Nossa, olha só como nós ficamos pequenininhos.
Parecemos até personagens de desenho animado!
Quer dizer, você já parecia 😂. Mas, e agora?

Agora... Está pronta para se divertir no castelo do dragão?
A torre mais alta é onde queremos chegar!

A pequena Luluca

A miniLuluca e o miniPandaLu correram até a torre do castelo. Mas, logo atrás do portão gigantesco, estava o primeiro desafio: o castelo é cheio de escadas e algumas não dão em lugar algum. Para chegar à torre mais alta, Luluca precisa achar o caminho correto antes que o dragão apareça! Marque o caminho que ela deve seguir. Ah, atenção: você não pode passar reto pelas escadas. Cada vez que encontrar uma, deverá subir ou descer.

Luluca conseguiu chegar ao seu destino,
mas será que o dragão não vai ouvi-la?

Uau! Olha só este lugar! Não acredito
que estou na torre do dragão!

O que você achou?

Bagunçado 😭 😭... Olha só
quanta coisa espalhada.

Que bagunça!

Além de mal-humorado, parece que o dragão não
é muito organizado. Você consegue descobrir
qual o item que mais se repete na cena abaixo?

O barulhão no castelo não negava, o dragão já sabia que tinha visitas e não parecia muito feliz com isso! Os dois correram para um quarto bem maluco, cheio de espelhos. Ao ouvi-los, o dragão ficou de vigia do lado de fora da porta...

PandaLu, e agora? Estamos presos aqui! Parece que não tem outra saída.

Sempre tem outra saída, Luluca... É só prestar atenção. Nem tudo é o que parece!

Certo... Será que aqui tem uma passagem secreta? Já vi isso em filmes! É... só pode ser isso! Um desses espelhos vai nos tirar daqui. Mas como vou descobrir qual é?

Reflexo certo

Para descobrir qual espelho é uma porta, encontre e circule aquele que não mostra um reflexo perfeito dos amigos. Preste atenção aos detalhes.

Estou feliz por termos fugido do dragão, mas triste que não conseguimos explorar o castelo direito. Sabe, PandaLu... Minha mãe ia gostar de saber disso, mas espero que ela não me escute... Acredita que eu já tô ficando até tonta de olhar para tantos doces! Quem diria?

Que bom que disse isso e, realmente, foi uma pena o dragão ter atrapalhado nossa aventura pelo castelo. Mas e agora? Pronta para ficar grande novo? O que irá fazer a gente crescer não é doce, mas é tão gostoso quanto.

Nem só de doce se vive!

Luluca sabe muito bem que, para crescer forte e saudável, é importante comer frutas, legumes, vegetais... Comida de verdade! Para Luluca voltar ao tamanho normal, siga as dicas abaixo e descubra qual é o único alimento que vai sobrar, só assim você saberá o que ela irá comer para crescer.

1. Risque todas as frutas da coluna 1.
2. Risque toda a linha C.
3. Risque todos os alimentos de cor roxa.
4. Risque "couve-flor" e "tomate".
5. Risque todas as folhas que começam com a letra A.

*	1	2	3	4	5
A	BERINJELA	BROCÓLIS	COUVE-FLOR	ACELGA	AMORA
B	PÊSSEGO	ALFACE	BETERRABA	TOMATE	COUVE-FLOR
C	ABÓBORA	UVA	MELANCIA	ABACATE	MELÃO
D	MORANGO	AGRIÃO	AÇAÍ	UVA	TOMATE

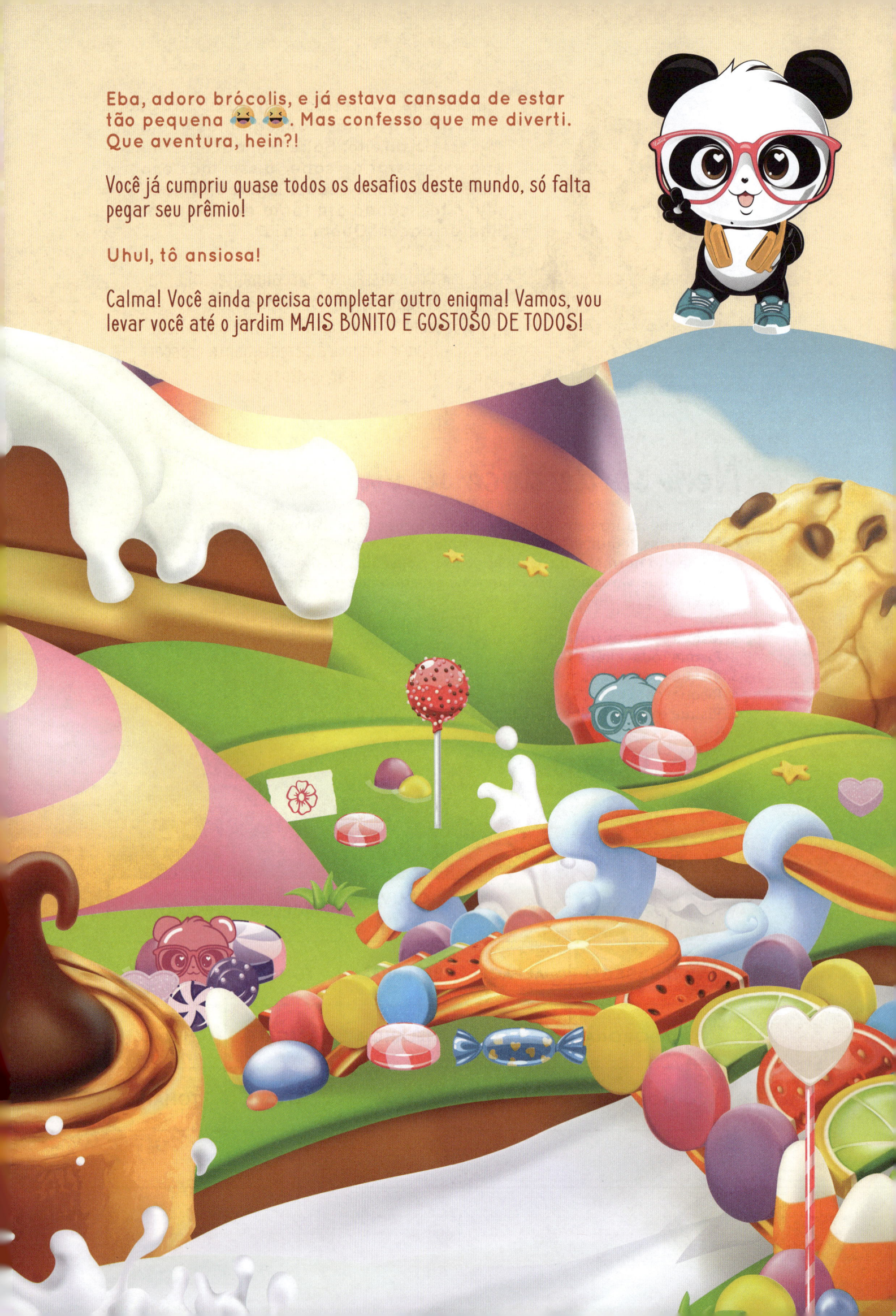

Eba, adoro brócolis, e já estava cansada de estar tão pequena 😂 😂. Mas confesso que me diverti. Que aventura, hein?!

Você já cumpriu quase todos os desafios deste mundo, só falta pegar seu prêmio!

Uhul, tô ansiosa!

Calma! Você ainda precisa completar outro enigma! Vamos, vou levar você até o jardim MAIS BONITO E GOSTOSO DE TODOS!

Qual é o correto?

Luluca chegou ao Jardim de Doces, e precisa descobrir qual é o pandinha correto que ela vai ganhar. Siga as dicas para eliminar os pandinhas errados e circule o que sobrar. Ele é um pandinha mágico!

- Não está entre as balas roxas.
- O panda com a cor do céu não é o correto...
- Balinhas azuis e brancas, vermelhas e brancas... Que delícia! Mas o pandinha que está ali ainda não é o certo!

O prêmio da Luluca era o pandinha dourado, e tinha o poder de teletransporte. Assim que ela o pegou, viajou imediatamente para o próximo mundo, que é...

Corrida maluca!

O primeiro desafio da Luluca é participar de uma corrida de kart junto com o PandaLu! Para ganhar a prova, eles precisam passar por três postos de abastecimento e chegar até a parada final. Cuidado para não passar por cima de nenhuma bomba.

Uhuuul, ganhamos! 😂
Eu adoro jogos de corrida!
É tão legal manobrar os carrinhos!

AAAAHHHHH, Luluca! Chega de conversa... Corraaaaa!!!

Fuja dos monstrinhos

Luluca estava tão feliz por ter vencido a corrida, que nem percebeu que entrou direto em uma fase em que precisa continuar correndo para fugir dos monstrinhos. Passe pelas portas sem trombar com nenhum!

INÍCIO

FIM

BRINCADEIRAS DA Luluca

Desafio das cartas

Corte, na linha azul, as cartas que estão nestas páginas. Para jogar, você precisará de mais uma pessoa para ser o seu oponente. Embaralhe e distribua igualmente as cartas entre os jogadores. Cada um deverá fazer um monte com as cartas que receber, mas atenção, as cartas deverão ficar viradas para baixo. Depois, virem ao mesmo tempo a primeira carta de cada monte. Se saírem duas cartas de um mesmo objeto ou personagem, quem der uma palmada primeiro na mesa e gritar o nome do objeto ou do personagem que fez o par, pega as cartas viradas sobre a mesa. Se não formar nenhum par, o jogo continua até que se forme um. Se os dois jogadores gritarem exatamente ao mesmo tempo, as cartas ficam na mesa até se formar um novo par. O jogo termina quando acabarem as cartas de um dos dois jogadores. Ganha quem terminar com todas as cartas em seu monte. Você também pode brincar de jogo da memória com as cartas!

Para montar o dado, recorte nas linhas retas e dobre nas linhas pontilhadas. Depois, cole as bases e pronto, o dado está pronto!

Luluca e PandaLu conseguiram fugir dos monstrinhos, mas esse mundo é cheio de surpresas. Não é que eles caíram em outro cenário completamente diferente?

Ahhh, não, PandaLu... Você está querendo que eu pule nessas pedras aí?

Sim, mas tem que ser nas pedras certas.

Ai, ai, ai, e se eu cair?

Bom, você não vai se machucar, pois, nesse mundo, só tem diversão! Mas, se você cair, vai perder o jogo e ter que voltar desde o primeiro desafio... Se preferir, pode pular esse desafio e voltamos depois. Você decide!

Boa ideia. Vou usar minha chance de pular a fase 😛😛. Enquanto isso, crio coragem para passar por esse mar de fogo. Ui!

Luluca, não se preocupe. Logo você estará pronta para voltar para essa caverna! Ei, olha, a próxima fase é um jogo de lógica.

Oba! Adoro jogos de lógica!

Qual é o jogo?

Anote as letras que aparecem nas posições indicadas abaixo e descubra o nome de um desafio que você vai encarar.

	1	2	3	4	5	6	7	8	9
A	C	L	I	A	E	A	F	A	T
B	E	A	R	A	A	I	A	A	A
C	A	T	A	N	A	T	O	A	E
D	S	A	M	A	U	A	A	M	A

A9	B1	C6	B3	B6	D1

D8	A4	A2	D5	A1	C7

EU SOU BOA DE TETRIS!

Luluca e seu amigo pandinha foram para uma nova fase daquele mundo bem maluco e divertido. E Luluca já imaginava o que estava por vir.

Tetris maluco

Você precisa encaixar as peças dentro do diagrama. Para isso, preencha o quadro com as letras. Quando terminar, o tetris formará uma frase que irá ajudar Luluca a encarar novamente o desafio do lago de fogo.

Opa, parece que tudo neste mundo tem o poder de se teletransportar...

Ei, voltamos para a fase do fogo! *"Você consegue resolver o desafio!"* Isso é um sinal, né? Vou conseguir enfrentar, não posso ter medo!

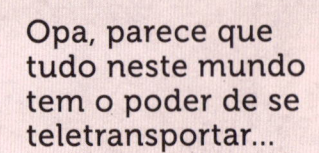

Isso mesmo, Luluca! Você vai conseguir! E você sabe que precisa terminar esse desafio para ir ao próximo mundo, né?

Verdade. Já me convenceu. Vamos!!!

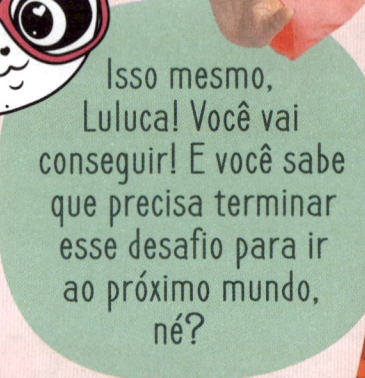

$27 \div 3 = 9$

$8 \times 3 = 24$

$10 + 3 = \_\_$

$7 + 3 = \_\_$

$15 - 4 = \_\_$

Cuidado com o lago

Se pisar nas pedras erradas, Luluca irá cair no lago de fogo e será Game Over: ela vai precisar voltar para a primeira prova deste mundo. As pedras certas são aquelas que o resultado das contas é um número ímpar. Faça as contas e marque o caminho correto.

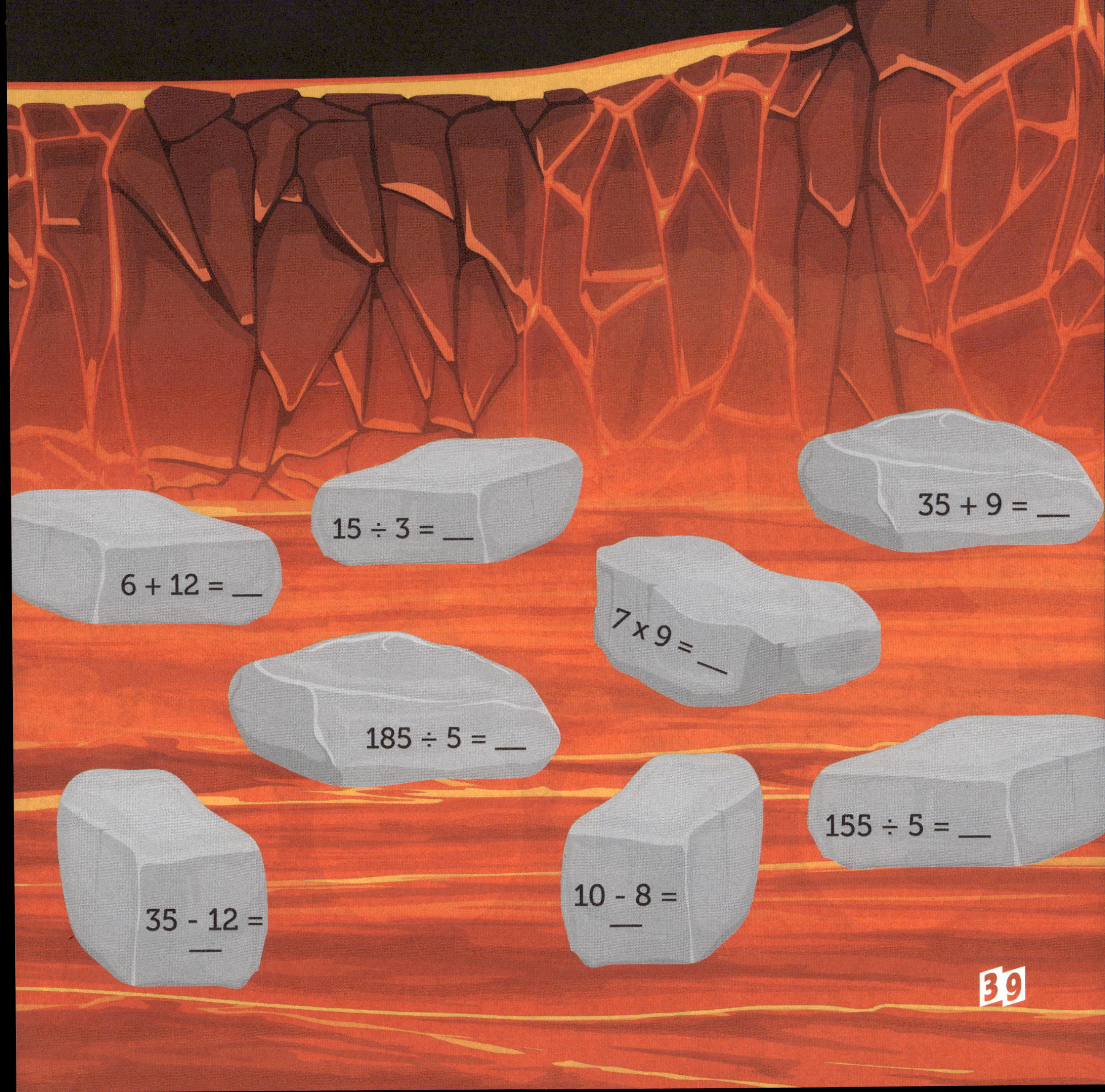

$15 \div 3 =$ ___

$35 + 9 =$ ___

$6 + 12 =$ ___

$7 \times 9 =$ ___

$185 \div 5 =$ ___

$155 \div 5 =$ ___

$35 - 12 =$ ___

$10 - 8 =$ ___

Ebaaaa, nem acredito que conseguimos resolver mais um enigma. Formamos uma dupla e tanto, hein, PandaLu?! Será que agora a gente consegue resgatar o pandinha dourado?

Primeiro, você precisa passar pelo chefão... Ele está com o panda dourado que irá levar você para o próximo mundo.

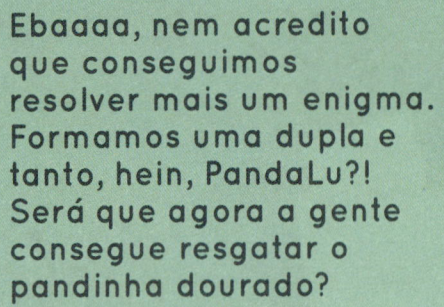

CLAP!

O chefão final

Para resgatar o pandinha dourado, Luluca e PandaLu precisarão enfrentar o protetor do baú mágico em uma prova especial. Eles foram levados a uma prova de atenção. Você consegue encontrar todos os objetos destacados?

Uhuuul, ganhamos!!! Hora de abrir o baú e resgatar o segundo pandinha dourado. Para onde ele vai nos levar???

Você vai descobrir, Luluca!

Vocês conseguiram me vencer! Mas não vão sair daqui tão fácil assim... Para ir ao próximo mundo, vocês precisam desvendar a charada!

Hora da charada!

Adivinhe qual é o próximo mundo que a Luluca vai.
• Lá tem uma calçada com o nome das pessoas mais famosas do mundo!
• Vários filmes são feitos lá!
• O nome desse lugar, com certeza, lembra cinema! E aí, adivinhou?

_____ _____ _____ _____ _____ _____ _____

Luluca entrou no último universo e, para conseguir o prêmio, ela precisa mostrar que tem tudo para ser uma superestrela de Hollywood. Para isso, precisa impressionar o diretor mais famoso de todo o mundo: Sr. Leopoldo, uma coruja um pouco rabugenta... Ai, esses famosos...

EU NÃO ACREDITO! ESTOU EM HOLLYWOOD! EU A-M-E-I!!! Não vejo a hora de, finalmente, virar uma atriz superfamosa e ter meu nome na calçada da fama...

Luluca, se você conseguir cumprir todos os desafios, você ganhará o prêmio final! Está preparada? Quem sabe você não aparece em um tapete vermelho logo, logo?!

Hora de brilhar!

No tapete vermelho só passam os melhores artistas! Mostre que você é tão atento quanto a Luluca e encontre quais são os 7 erros entre as cenas abaixo.

HOLLYWOOD

HOLLYWOOD

CLICK!

> Mal posso esperar pela minha hora de participar de um filme de Hollywood. Ou escrever um roteiro. Ou dirigir um filme. Ou ganhar um Oscar! Qualquer experiência aqui seria incrível. Ai, olha só, eu supercombino com Hollywood. Pose para a selfie! 😂😂

Seu desejo é uma ordem!

Luluca parece estar se divertindo em Hollywood! Não é para menos! No diagrama abaixo, encontre as 8 palavras que estão listadas e continue acompanhando as maluquices de Luluca pelo mundo das superestrelas.
Atenção: as palavras podem estar na horizontal, na vertical, na diagonal e até de trás para frente.

VAMPIRO - BONECA
CASTELO - JAPÃO - PRAIA
JANELA - DESERTO - SAPO

J	N	V	V	U	Y	M	K	T	P	I	X	R	T	A
I	F	Z	D	E	V	B	O	H	L	R	M	Q	H	C
S	L	A	U	X	L	O	P	R	R	C	A	A	M	E
A	I	F	Q	R	T	D	T	L	X	L	G	I	D	N
P	F	J	T	L	E	A	N	R	E	G	Q	L	A	O
O	L	E	T	S	A	C	D	N	E	Y	B	T	N	B
W	J	X	I	A	J	X	A	S	D	S	O	S	A	C
H	E	D	K	R	F	J	D	N	D	X	E	V	T	O
G	B	R	H	T	J	A	P	Ã	O	T	C	D	L	H
V	A	M	P	I	R	O	X	M	E	M	G	F	W	B

Não estou entendendo nada... Essas palavras não parecem ter muita relação com Hollywood, né?
O importante é que consegui concluir meu desafio... Mas qual será minha próxima missão?

Luluca, por aqui, tudo sempre faz sentido!

Roteirista por um dia

Hora de usar as palavras que você encontrou! Já que estamos em Hollywood, que tal montar um roteiro de filme?
Para escrever seu roteiro, use todas as palavras encontradas no diagrama. Depois, compartilhe sua história no Instagram com #lulucanomundodosdesafios.

Para ver o roteiro que a Luluca criou, é só abrir o QR Code ou o link: https://bit.ly/2Hbpzdx

Acho que viajei nesse roteiro, mas ficou divertido, vai? Aposto que um filme assim faria muuuito sucesso. Eu seria a roteirista e a atriz principal!!! 😂

Boa de memória

Para ser uma atriz superfamosa, Luluca precisa provar que é boa de memória, afinal, artistas decoram falas, cenas... Preste bastante atenção na cena destas páginas. Depois, vire o livro de ponta-cabeça e coloque uma folha por cima da imagem, para não conseguir vê-la, e responda as perguntas no final da página. Não vale roubar, hein?!

- O boné da moça que está com a claquete é rosa. ( ) V ( ) F
- O castelo que aparece na janela é roxo. ( ) V ( ) F
- Na cena, aparecem 3 armaduras. ( ) V ( ) F
- A camiseta do câmera é azul. ( ) V ( ) F
- O rapaz que está segurando o microfone usa tênis pretos. ( ) V ( ) F

E o Oscar vai para...

O roteiro que você escreveu chegou até o Sr. Leopoldo, o maior diretor de cinema do **Mundo maluco dos desafios,** e ele adorou. E adivinha quem será a atriz principal? A Luluca! Agora, você precisa ajudá-lo a montar o cenário. Desenhe e pinte esta página da forma como você imagina que seria o cenário principal do filme que você escreveu. Solte a imaginação!

PandaLu, acho que este mundo é ainda mais legal que os outros, hein...

Depois de completar os desafios, passar pela aprovação do Sr. Leopoldo e protagonizar um filme em Hollywood, Luluca conseguiu conquistar o GRANDE prêmio do Mundo loucó dos desafios.

UHUUUUL, que legaaaaaaa!!! Eu ganhei um OSCAR. E de verdade! Eu tô tão feliz!!!

50

Mas... PandaLu, agora que ganhei o prêmio final, eu preciso ir embora?
E nunca mais posso voltar?

Luluca, você cumpriu todos os desafios, resgatou os dois pandinhas douradas e ganhou o prêmio final. Os pandas são a chave para você voltar para cá sempre que quiser. Mas não pense que ir embora vai ser tãããão fácil assim... Ainda é preciso vencer mais um desafio. Só que, desta vez, não é você quem vai encará-lo.

Não?! Quem vai então?

Lembra que estava escrito nas regras deste mundo que você tinha o direito de pedir ajuda de alguém? Então, quem vai ajudá-la, Luluca, é justamente a pessoa que está lendo o livro. Espero que tenha prestado atenção em cada detalhe dessa história. E não se esqueça: você vai precisar da ajuda de sua amiga para sair deste mundo.

Caminho secreto

Você já viu estes símbolos em algum lugar? Hora de mostrar que você prestou bastante atenção em todos os cenários. Para ir embora do **Mundo louco dos desafios**, volte em todas as páginas e encontre a sequência dos desenhos abaixo e assinale o caminho em que você chegou.

Woooow, conseguimos desvendar o enigma!!! Com uma ajudinha, é claro. 😂😂 Ah, PandaLu, acho que já chegou a hora de nos despedirmos... Eu gostei MUITO de conhecer esse mundo completamente louco e repleto de desafios. Me diverti bastante!

Foi incrível ter você por aqui, Luluca. Esse é um lugar secreto e talvez você não se lembre de tudo exatamente como foi... Mas, sempre que quiser voltar, estarei aqui para recebê-la. Até mais!

2B	2B	1E	3E
1D	2D	L	1B
2D	1C	1C	2C	<-

Indo para casa

Siga as instruções nos botões. Os números indicam a quantidade de botões que você deve andar, e as letras, a direção, conforme a legenda acima. Para abrir a porta, você precisa apertar por último o botão L. Comece pelo 2C, que indica que você deve andar dois botões para cima. Seguindo as direções indicadas, assinale o botão pelo qual você não vai passar até chegar ao L.

Será que foi um sonho?

Luluca está tão confusa que já não consegue mais saber se as aventuras que viveu no **Mundo louco dos desafios** foram reais ou não. Mas ela encontrou um bilhete que não estava muito legível. Descubra o que está escrito.

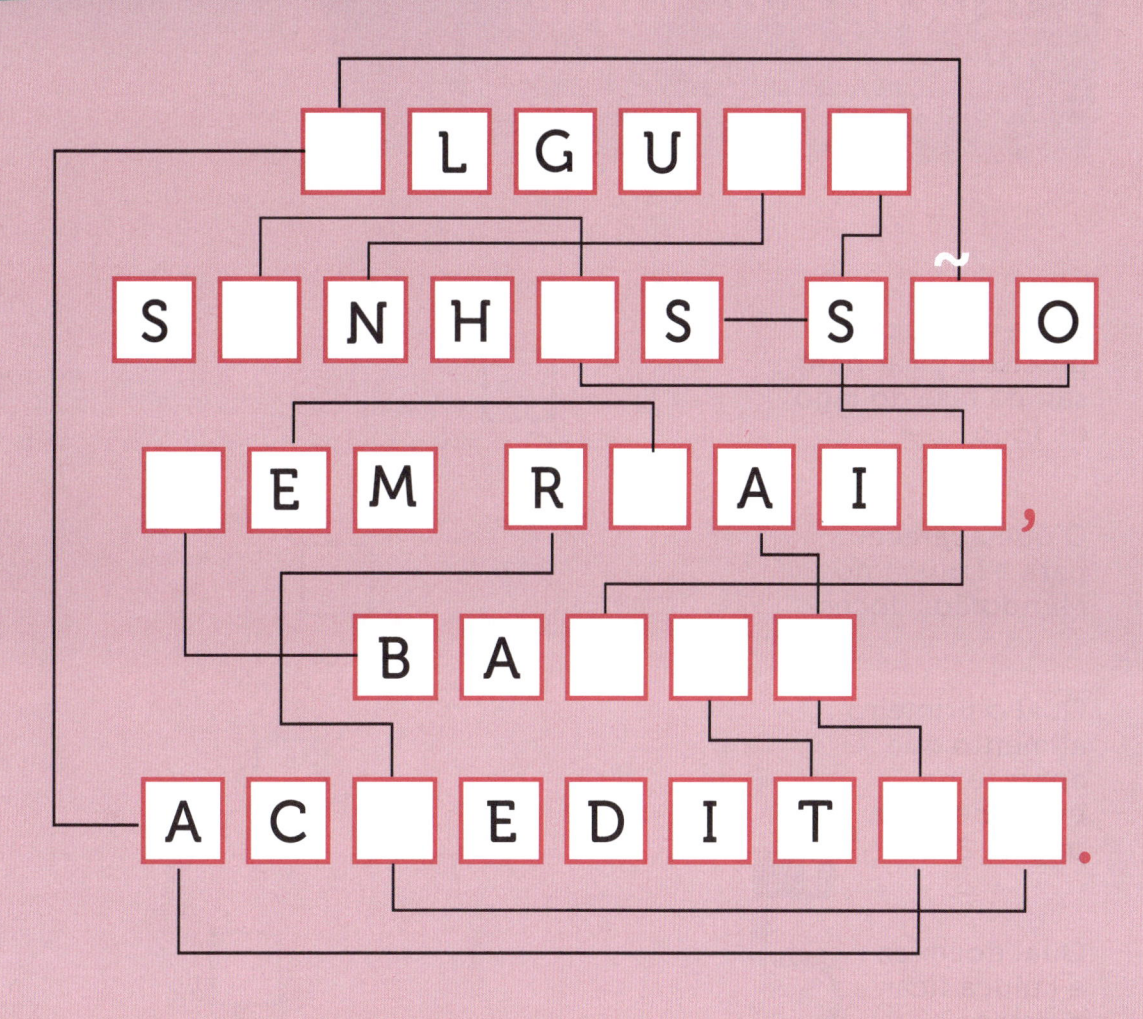

Parece que muitos mistérios andam pelos sonhos da Luluca, mas, falando em realidade... Um certo amiguinho novo parece ter chamado a atenção dela.

Nossa! Eu nunca tinha visto esse bicho de pelúcia aqui no meu quarto, será que é presente da minha mãe? Mas hoje nem é meu aniversário ou Natal... Quanto tempo eu dormi? 😂 😂 Ei, amiguinho, parece que te conheço de algum lugar, mas de onde?

Quem está aqui?

Para descobrir o que a Luluca encontrou em sua casa, preencha a cruzadinha abaixo.

Onde a Luluca precisou pisar para sair da fase do lago de fogo?

O que apareceu para a Luluca no Mundo dos doces?

Qual o primeiro alimento que aparece na brincadeira da página 25?

Qual doce fez a Luluca ficar pequena?

Qual a cor do panda que teletransportou a Luluca?

Não acredito!
É tudo muito real
para ter sido só um
sonho...😭😭

Aposto como vocês não esperavam por uma aventura como essa, hein?

Estão curiosos para saber quem terminou primeiro os desafios? Eu ou minha mommy? Entãaaao, lá vai...

Passe o leitor no QR Code ou digite o link: https://bit.ly/2SgHXry e descubra quem terminou todos os desafios mais rápido, mas, antes, passe lá no Instagram para me contar tudinho como foi e quem você acha que terminou primeiro!

Não deixe de se inscrever no canal, me seguir no Instagram (@luluca_oficial) e usar a hashtag #lulucanomundodosdesafios para ficar por dentro de toooodas as novidades.

Um superbeijo!!!! Eu amo vocês!! Tchau e até a próxima aventura!

TCHAU! TCHAAAAU!!
Yuppyy!!!

Luluca

Respostas

Páginas 4 e 5

Página 7

Resposta: Panda

Página 8

Página 11

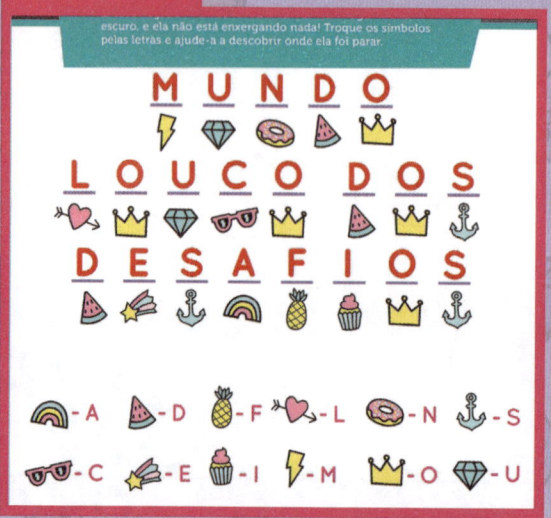

Página 14

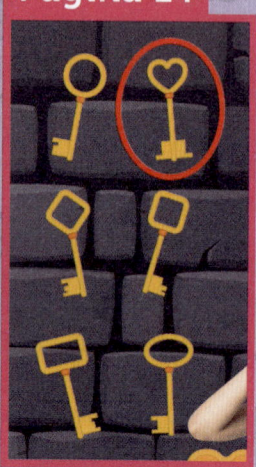

Página 15

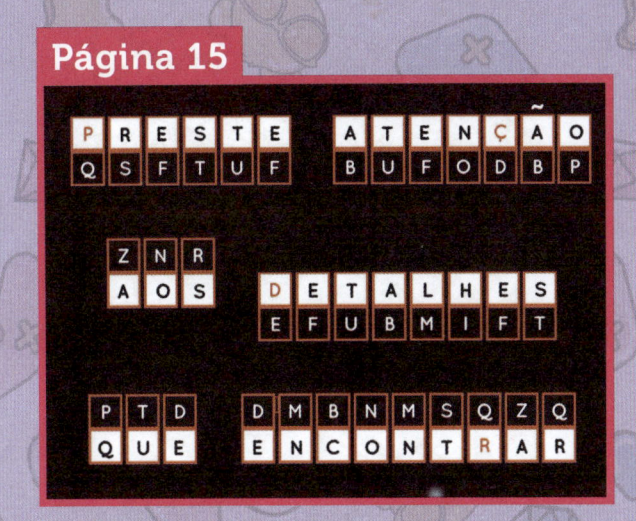

PRESTE ATENÇÃO
QSFTUF BUFODBP

ZNR
AOS DETALHES
EFUBMIFT

PTD
QUE DMBNMSQZQ
ENCONTRAR

Página 17

preencha os espaços desenhando os doces corretos.

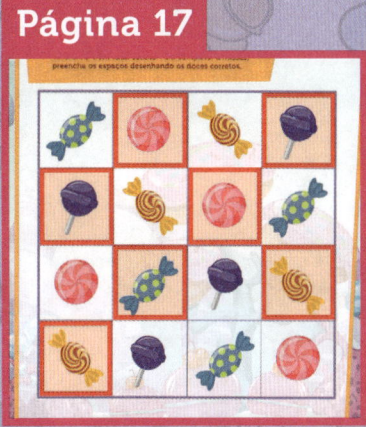

Página 19

Doce mágico

Existe um brigadeiro especial e mágico que vai deixar a Luluca pequenininha e o dragão não vai conseguir enxergá-la. Assim, ela pode continuar a se divertir no Mundo louco dos desafios. Observe a imagem e encontre o brigadeiro com granulado diferente.

Páginas 20 e 21

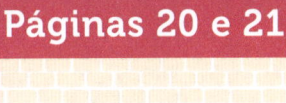

A pequena Luluca

Página 24

Reflexo certo

Páginas 22 e 23

Que bagunça!

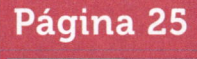

Resposta: 6 livros

Página 25

	1	2	3	4	5
A	~~BERINJELA~~	BRÓCOLIS	~~COUVE-FLOR~~	~~ACELGA~~	~~AMORA~~
B	~~PÊSSEGO~~	~~ALFACE~~	~~BETERRABA~~	~~TOMATE~~	~~COUVE-FLOR~~
C	~~ABÓBORA~~	~~UVA~~	~~MELANCIA~~	~~ABACATE~~	~~MELÃO~~
D	~~MORANGO~~	~~AGRIÃO~~	~~AÇAÍ~~	~~UVA~~	~~TOMATE~~

Resposta: Brócolis

Páginas 26 e 27

Página 29

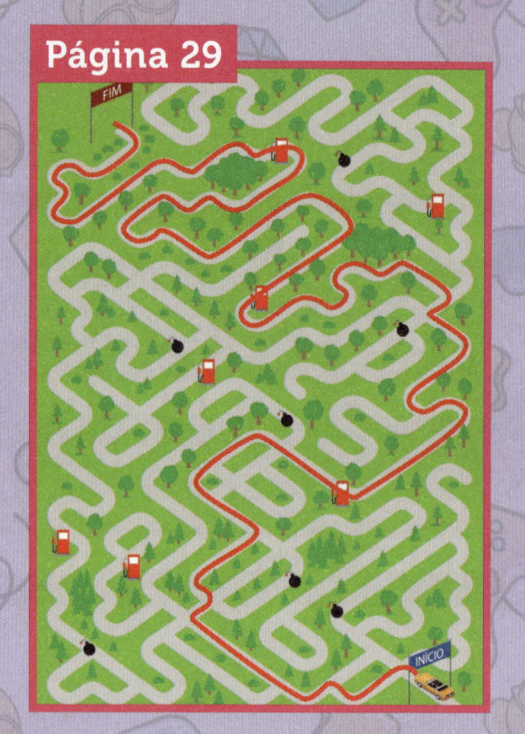

Página 30

Página 36

	1	2	3	4	5	6	7	8	9
A	C	L	I	X	E	A	F	A	T
B	E	A	R	A	A	I	A	A	A
C	A	T	A	N	A	T	O	A	E
D	S	A	M	A	U	A	A	A	A

A9	B1	C6	B3	B6	D1

T E T R I S

D8	A4	A2	D5	A1	C7

M A L U C O

Página 37

VOCÊ CONSEGUE RESOLVER O DESAFIO!

Páginas 38 e 39

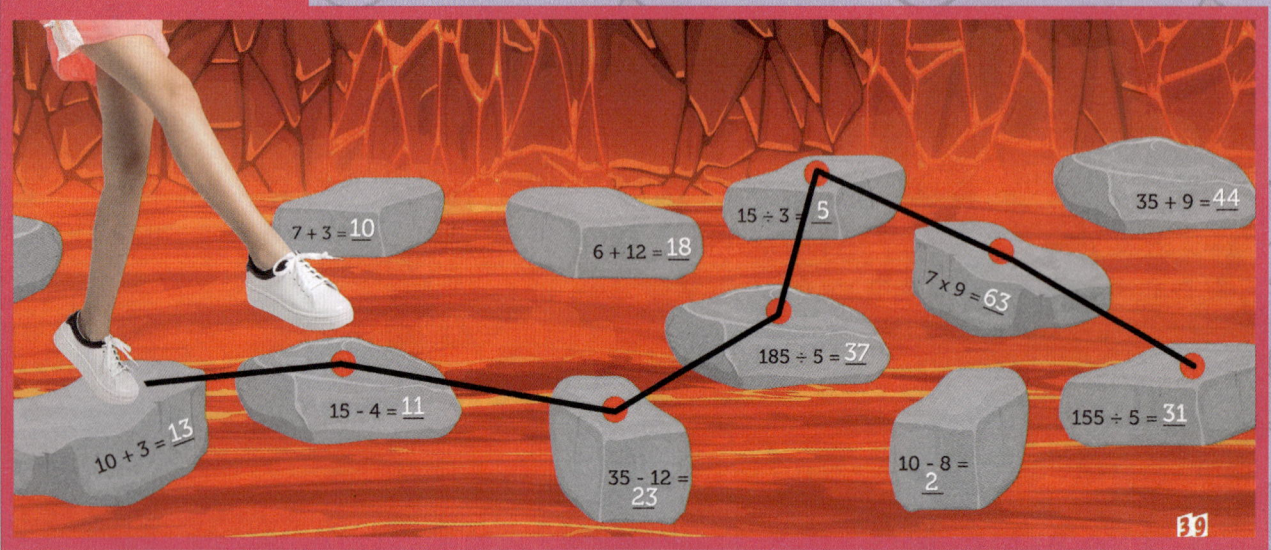

$7 + 3 = 10$ $6 + 12 = 18$ $15 \div 3 = 5$ $35 + 9 = 44$

$7 \times 9 = 63$

$185 \div 5 = 37$ $155 \div 5 = 31$

$10 + 3 = 13$ $15 - 4 = 11$ $35 - 12 = 23$ $10 - 8 = 2$

Páginas 40 e 41

O chefão final

Para resgatar o penúltimo dourado, Luluca e PandaLu precisarão enfrentar o protetor do baú mágico em uma prova especial. Eles foram levados a uma prova de atenção. Você consegue encontrar todos os objetos destacados?

Vocês conseguiram me vencer! Mas não vão sair daqui tão fácil assim... Para ir ao próximo mundo, vocês precisam desvendar a charada!

Hora da charada!

Adivinhe qual é o próximo mundo que a Luluca vai.
• Lá tem uma calçada com o nome das pessoas mais famosas do mundo!
• Vários filmes são feitos lá!
• O nome desse lugar, com certeza, lembra cinema!
E aí, adivinhou?

HOLLYWOOD

Página 43

Página 44

Página 51

Página 47

• O boné da moça que está com a claquete é rosa. ( ) V (X) F
• O castelo que aparece na janela é roxo. (X) V ( ) F
• Na cena, aparecem 3 armaduras. ( ) V (X) F
• A camiseta do câmera é azul. (X) V ( ) F
• O rapaz que está segurando o microfone usa tênis pretos. (X) V ( ) F

Página 53

Indo para casa

Siga as instruções nos botões. Os números indicam a quantidade de botões que você deve andar, e as letras, a direção, conforme a legenda acima. Para abrir a porta, você precisa apertar por último o botão 1. Começe pelo 2C, que indica que você deve andar dois botões para cima. Seguindo as direções indicadas, assinale o botão pelo qual você não vai passar até chegar ao 1.

Página 55

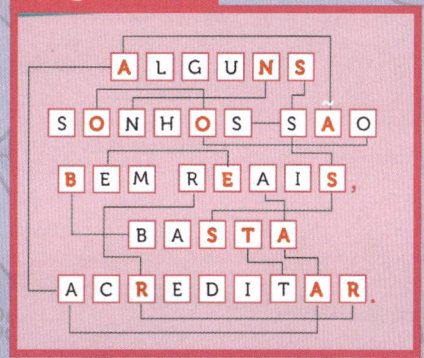

Página 56

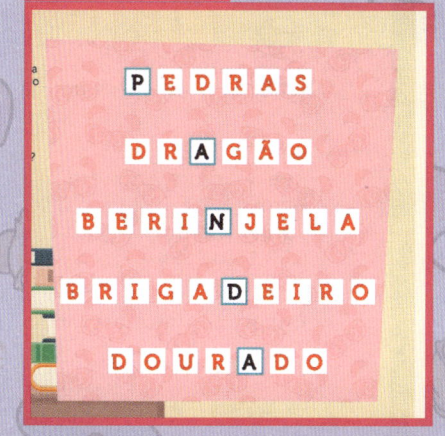

Resposta: Panda

Produção editorial Aline Santos, Bárbara Gatti, Bruna Villela, Fernanda Costa, Natália Ortega, Tâmizi Ribeiro
Projeto gráfico Luiza Marcondes
Fotos Rodrigo Takeshi **Ilustrações** Jeferson Denzin Barbato (páginas 6, 9, 10, 25 e 40)
Capa Marina Ávila

Outras ilustrações Alfmaler/Shutterstock, AllNickArt/Shutterstock, Alluvion Stock/Shutterstock, Anson_shutterstock/Shutterstock, BackgroundStore/Shutterstock, belander/Shutterstock, Boris Rabtsevich/Shutterstock, Canoneer/Shutterstock, Daniela Barreto/Shutterstock, Danyliuk Konstantine/Shutterstock, DeawSS/Shutterstock, dumayne/Shutterstock, EgudinKa/Shutterstock, Fafarumba/Shutterstock, F.Schmidt/Shutterstock, Flas100/Shutterstock, freesoulproduction/Shutterstock, Gearstd/Shutterstock, Hilch/Shutterstock, Ico Maker/Shutterstock, Interior Design/Shutterstock, ivector/Shutterstock, Jara3000/Shutterstock, jp_lihina/Shutterstock, Kapitosh/Shutterstock, KittyVector/Shutterstock, Kolesov Sergei/Shutterstock, Kudryashka/Shutterstock, Leh/Shutterstock, leolintang/Shutterstock, Lepusinensis/Shutterstock, Lovecta/Shutterstock, Mia Stendal/Shutterstock, Milan M/Shutterstock, Miloje/Shutterstock, Mochipet/Shutterstock, movaliz/Shutterstock, NanamiOu/Shutterstock, NataLima/Shutterstock, Nikelser Kate/Shutterstock, NotionPic/Shutterstock, optimarc/Shutterstock, Ovidiu Stoica/Shutterstock, PopTika/Shutterstock, pupsy/Shutterstock, ra2studio/Shutterstock, ratselmeister/Shutterstock, robuart/Shutterstock, RoseRodionova/Shutterstock, Rutik Vilasrao Bobade/Shutterstock, Sabelskaya/Shutterstock, StockVector/Shutterstock, Tatsiana Tsyhanova/Shutterstock, Tetsuo Buseteru/Shutterstock, thor83/Shutterstock, Valentin Agapov/Shutterstock, Valex/Shutterstock, Vector_dream_team/Shutterstock, VectorPlotnikoff/Shutterstock, Vectorpouch/Shutterstock, VikiVector/Shutterstock, Viktorija Reuta/Shutterstock, VitaminCo/Shutterstock, Voin_Sveta/Shutterstock, VOLYK IEVGENII/Shutterstock, wanpatsorn/Shutterstock, Waranon/Shutterstock, weedezign/Shutterstock, Zonda/Shutterstock

Primeira edição (março/2020) • Décima primeira reimpressão
Papel de miolo Offset 75g
Gráfica PifferPrint

Dados Internacionais de Catalogação na Publicação (CIP)
Angélica Ilacqua CRB-8/7057

L981L

    Luluca
       Luluca : no mundo dos desafios / Luluca. — Bauru, SP : Astral Cultural, 2020.
       64 p. : il.

    ISBN: 978-65-81438-06-7

    1. Literatura infantojuvenil 2. Passatempos 3. YouTube (Recurso eletrônico) I. Título

20-1135   CDD 028.5

Índices para catálogo sistemático:
1. Literatura infantojuvenil : Passatempos 028.5

astral cultural ASTRAL CULTURAL EDITORA LTDA

BAURU
Rua Joaquim Anacleto
Bueno 1-20
Jardim Contorno
CEP 17047-28
Telefone: (14) 3879-3877

E-mail: contato@astralcultural.com.br

SÃO PAULO
Rua Augusta, 101
Sala 1812, 18º andar
Consolação
CEP: 01305-000
Telefone: (11) 3048-2900